Mae'r llyfr hwn yn eiddo i:

_____

_____

_____

I Ravi, Patrycja a
Mehrdad, gyda chariad ~ B C

Cyhoeddwyd gyntaf ym Mhrydain yn 2006
gan Little Tiger Press, argraffnod o Magi Publications,
1 The Coda Centre, 189 Munster Rd., Llundain SW6 6AW
dan y teitl *I'm Not Going Out There!*

ⓗ y testun: Paul Bright, 2006 ©
ⓗ y lluniau: Ben Cort, 2006 ©
ⓗ y testun Cymraeg: Tudur Dylan Jones, 2006 ©

ISBN 1 84323 670 2

Argraffwyd yn Singapore

Paul Bright                    Ben Cort

# DWI DDIM AM FENTRO ALLAN!

Addasiad Tudur Dylan Jones

Gomer

Dwi yma'n cuddio'n ddistaw iawn,
Dwi yma'r bore a'r prynhawn,
Mae 'nghoesau'n brifo, druan!
Dwi ddim am ddweud wrth Dad a Mam,
Ac allwch chi ddyfalu pam

DWI
DDIM
AM
FENTRO
ALLAN!

Dwi'n gallu clywed draig fawr, ddrwg
Yn poeri tân, yn chwythu mwg,
Yn chwyrnu ac yn hisian;
Ond nid dyma'r rheswm pam, yn wir,
Fy mod i'n dal i ddweud yn glir

DWI DDIM AM
FENTRO
ALLAN!

Mae yna ysbryd mewn gwisg wen
Yn gwneud ei frecwast, heb ddim pen!
A byddai'n falch o rannu'r cyfan.
Fe hoffwn i gael tost a the
Ond dwi am aros yn fy lle,

DWI
DDIM
AM
FENTRO
ALLAN!

Mae dwy o wrachod hylla'r byd
O gylch y bath yn wyrdd i gyd
Yn golchi ac yn clebran,
Mae'u gwalltiau'n hir, mae'u trwynau'n gam
Ond na, nid dyma'r rheswm pam

**DWI DDIM AM FENTRO ALLAN!**

Mae'r bwystfilod hylla 'rioed
Yn dawnsio bale'n ysgafn droed,
Ac yn eu gwallt mae ruban;
Ac er eu bod yn dawnsio'n bert,
Pob un yn gariad yn ei sgert,

Ac yna'n sydyn, sŵn a ddaeth

Fel gwichian llygod, ond ganwaith gwaeth,

Fel corwynt, ac fel taran;

Dwi dan y gwely'n crynu i gyd,

Mae'r sŵn yn mynd yn uwch o hyd,

DWI

DDIM

AM

FENTRO

ALLAN!

Fyny'r grisiau'n wyllt ei cham,
Gwaedda'r ddraig, 'Dwi isho Mam!'
Ac mae'r gath yn chwilio lle
Er mwyn cuddio tan amser te.
Dal ei dost yn dynn wna'r ysbryd,
Hwnnw wedi dychryn hefyd!

Mae 'na sblish a sblosh a sblasho
Ac mae'r dŵr yn llifo, llifo,
Ac mae'r gwrachod yn ceisio ffoi
A'r ddwy heb wybod lle i droi.
Uwch ac uwch mae'r sŵn yn dod,
Neb yn gwybod beth sy'n bod!
Rhedwch nerth eich traed i gyd,
Agosáu mae'r sŵn o hyd!

Mae'r bwysfilod 'n dal i ddawnsio,
Dianc rhag y sŵn, gobeithio;
Dianc, dianc yn gyflymach
Rhag i bethau fynd yn ffradach.

Mae o'n sŵn sy'n dychryn plantos,
Mae o'n sŵn sy'n agos, agos,
Ac mae'n sŵn sy'n dal i ddod . . .
Wyddoch chi beth allai fod?

Mae'r dannedd yn fflachio,
Mae'r llygaid yn ffrwydro,
Mae'n gweiddi ac yn chwyrnu
Ac yn gwneud i'r lloriau grynu;
Mor hir yw'r hen fysedd,
Mor fain yw'r ewinedd,
Mae'n barod am y pryd
A ni fel mewn tun sardîns i gyd!

Dyna hi – fy chwaer fach Carol
ac mae hi yn wyllt ddifrifol.
Mae'n sgrechian a strancio
Ac mae wrthi'n gweiddi'n groch
Wrth geisio darganfod pwy roddodd
Bry cop yn ei hesgid goch . . .

. . . DWI DDIM AM FENTRO ALLAN!